Eduard Jacobs

Ehemalige Büchersammlung Ludwigs Grafen zu Stollberg (geb. 1505 +1574) in Königstein und Mittheilungen zur Deutschen Volksdichtung aus einer dorther nach Wernigerade gelangten Handschrift

Antigonos

Eduard Jacobs

Ehemalige Büchersammlung Ludwigs Grafen zu Stollberg (geb. 1505 +1574) in Königstein und Mittheilungen zur Deutschen Volksdichtung aus einer dorther nach Wernigerade gelangten Handschrift

Unveränderter Nachdruck der Originalausgabe von 1868.

1. Auflage 2024 | ISBN: 978-3-38637-085-1

Antigonos Verlag ist ein Imprint der Outlook Verlagsgesellschaft mbH.

Verlag: Outlook Verlag GmbH, Zeilweg 44, 60439 Frankfurt, Deutschland, info@outlook-verlag.de
Vertretungsberechtigt: E. Roepke, Zeilweg 44, 60439 Frankfurt, Deutschland
Druck: Libri Plureos GmbH, Friedensallee 273, 22763 Hamburg, Deutschland

Die ehemalige

Büchersammlung

Ludwigs, Grafen zu Stolberg

(geb. 1505 † 1574)

in Königstein

und

Mittheilungen zur deutschen Volksdichtung

aus einer dorther nach Wernigerode gelangten Handschrift.

———

Von

Dr. Ed. Jacobs.

———

Wernigerode,
Druck von B. Angerstein.
1868.

In der Gegend des vulkanischen Vogelsbergs, namentlich aber am Taunus oder der „Höhe“, wo zahlreiche Burgentrümmer mit Namen berühmtesten Klanges: Eppstein, Königstein, Falkenstein, Cronberg, auf die edelsten Rebenhügel zum Rhein und Main hinabschauen, während die herrlichsten, tiefsten, deutschen Wälder die Höhen krönen, liegt die reiche Königsteinsche Erbschaft, wo einst zu der Zeit, als im weitaus größten Theil der deutschen Lande die Kirchenerneuerung Luthers durchgeführt wurde, unser Grafenhaus Stolberg ein halbes Jahrhundert mit Ruhm und Segen waltete. Zwar ist dasselbe längst aus dem größten und schönsten Theil dieser Besitzungen verdrängt, das evangelische Bekenntniß der Bewohner durch die Bemühungen der Mainzer Kurfürsten und Jesuiten unterdrückt worden; aber mag auch die unmittelbare Erinnerung an die Stolbergische Herrschaft in den Gegenden allmählig unbestimmter werden — denn ganz geschwunden ist sie nicht — so ist doch ein Rest jenes Erbes durch keine Gewalt zu rauben und für alle Zeit der Zukunft unverpfändbar und unverlierbar: nämlich die Geschichte der dortigen Stolbergischen Herrschaft und ihrer Thaten selbst, wozu auch noch verschiedene Denkmäler in Stein und Schrift kommen.

Das Geschlecht, dessen Erbe auf die Grafen zu Stolberg überging, waren die berühmten Herren zu Eppenstein oder Eppstein, von denen einzelne Glieder die höchste geistliche Fürstenwürde im deutschen Reiche, den erzbischöflichen Stuhl zu Mainz, einnahmen. Vom 12. Jahrhundert an in der Geschichte auftretend, erweiterten oder veränderten sie ihr Gebiet auf mannichfache Weise durch Kauf, Verkauf und Erbschaft und bei einer Theilung im Jahre 1433 gründete Eberhard II., als Graf zu Königstein und Herr zu Eppstein, die besondere Königsteinsche Linie, die ein Jahrhundert lang blühte. Der letzte Graf aus dieser Familie, welcher männliche Nachkommen hinterließ, war Graf Philipp zu Königstein. Sein ältester Sohn Philipp starb 1509 als Domherr zu Mainz, der zweite, Graf Georg, ging 1527 ebenfalls unvermählt heim und mit Graf Eberhard III. erlosch am Dienstag nach dem Feste der heil. Dreieinigkeit (2/6) 1535 das berühmte Haus im Mannsstamm.

Aber mittlerweile war bereits durch Hausverträge, letztwillige Verfügung und kaiserliche Bestätigung dem Hause Stolberg die Erbfolge gesichert. Am 9. Februar 1500 hatte nämlich Graf Botho der Glückselige, nach vorher am 28. November 1499 vollzogener Ehestiftung, Anna, die Tochter Graf Philipps zu Königstein-Eppstein, als Gemahlin heimgeführt. Nachdem nun am 9. Mai 1521 Kaiser Karl V. durch ein den Grafen Georg und Eberhard ertheiltes Zugeständniß (Indult) bestimmt hatte, daß, im Falle sie beide ohne männliche Erben stürben, die Königsteinsche Erbschaft auf ihre etwanigen Töchter, und wenn sie solche nicht hinterließen, auf ihrer Schwester Anna Kinder, die Grafen zu Stolberg, übergehen sollte, so setzte, nach Ableben seines Bruders Georg, der letzte männliche Sproß des Hauses Königstein, Graf Eberhard, durch seinen am 3. Juli 1527 aufgesetzten Willen, im Falle er ohne Leibeserben stürbe, zunächst den Grafen Ludwig zu Stolberg, Sohn seiner Schwester, und nächst diesem dessen Brüder Philipp und Christoph — als die jüngsten Söhne Graf Bothos des Glückseligen — und ihre männlichen Nachkommen, zu Gesammt-Erben seiner Besitzungen ein.

Dieses Testament wurde am 8. Juni 1528 von Kaiser Karl V. bestätigt. Nachdem Graf Philipp mittlerweile gestorben war, verzichtete, in Uebereinstimmung mit diesem Testament und seinem Sinn und Inhalt gemäß, Anna, die Gemahlin Graf Bothos, zu Gunsten ihrer Söhne Ludwig und Christoph, und im Fall Beide ohne Mannes-Erben sterben würden, ihrer andern Söhne und deren männlichen Erben, auf alle ihre Rechte und Ansprüche, als Gesammt-Erbin der Königsteinschen Besitzungen, am Montag nach Exaudi (18/5) 1534. Am 7. August 1538 (Mittwoch nach Oswald) folgte sie selbst ihrem kurz vorher (am heil. Dreieinigkeitstage 16. Juni) verstorbenen Gemahl in die Ewigkeit nach.

Wie bereits erwähnt ist, starb im Jahre 1535 der letzte Graf zu Königstein aus dem Hause Eppstein kinderlos. Als nächst berechtigter Erbe folgte Graf Ludwig zu Stolberg. Bis zu seinem am 24. August 1574 erfolgenden Tode regierte er nun in den schönen Gegenden der Wetterau bis zu den edelsten Rebgeländen des Rheingaus, wo er beispielsweise die wohlbekannte alte Familie v. Brömser zu Rüdesheim unter Andern mit dem jährlichen Wein-Ertrag auf dem

Lande und in der Gemarkung zu Rauenthal belehnte. Besitzungen zu Schwalbach erwarb er von den v. Stockheim.¹) Schon vor dem Jahre 1535 hatte sich Graf Ludwig mit den Verhältnissen der königsteinschen Lande vertraut gemacht und gegen das Ende seiner Tage hatte der greise, altersschwache Graf Eberhard seinem jugendlichen Neffen einzelne Regierungshandlungen übertragen. Ueber diesen letzteren sind nun die Urtheile der Zeitgenossen, Melanchthon an der Spitze, übereinstimmend: Alle rühmen seine wissenschaftliche Befähigung und Thätigkeit, die ihm eigene Gabe der Rede, sein lebhaftes Interesse für Kunst, Wissenschaft, Schule und Kirche. Ebenso wird seine staatsmännische Tüchtigkeit, sein Geschick in Verhandlungen, welche Gaben er als unerschütterlich treuer Rath dreier Kaiser fleißig übte, rühmend hervorgehoben. Gleich treu dem Kaiser als dem von ihm bekannten evangelischen Glauben, für den er auf den Tagen zu Regensburg, Speier, Nürnberg, Worms, Passau und Augsburg wirkte, ist er eine hervorragende Zierde des Stolbergischen Grafenhauses.

Ludwigs staatsmännische, kirchliche und schönwissenschaftliche Thätigkeit spiegelt sich nun auch in der von ihm gesammelten und nach damaligen Verhältnissen nicht unbedeutenden Bibliothek, die er auf dem Schlosse zu Königstein sammelte. Das Verzeichniß dieser Sammlung findet sich in einem mit dem Titelblatt 48, davon 24¹/₂ beschriebene Seiten enthaltenden und in Pergamentumschlag gehefteten Octavbändchen im Gräflichen Hauptarchiv zu Wernigerode. Es ist von einem Diener, wahrscheinlich dem Sekretair des Grafen, nach dem Standort der Bücher zusammengestellt. Erst die größere Hälfte, die Bücher enthaltend, die in der eigentlichen Wohnung des Grafen sich befanden,²) 155 Nummern. Dann folgen die Bücher, „so off dem saal stehen" 98 an der Zahl, endlich „die Bucher, so in dem Stublein hinder dem frawen-Zimmer seint" — 62 Stück, zus. 315.

Außer durch verschiedene lateinische Bücher, Kirchenväter, römische Rechtsbücher, zeichnete sich Graf Ludwigs Bibliothek besonders durch Bücher in deutscher Sprache, deutsche

¹) Eppsteinsche Belehnungen über Bergrecht, Weingulte, Korn- und Habergulte zu Rauenthal v. 1454, 1466, 1476, 1485, Stolbergisch-Königsteinische v. 1539, 1564, 1571, Erwerbungen zu Schwalbach v. 26/9 1550 in Urschriften im Gräfl. H. Arch. zu Wernigerode.

²) Im Gräfl. H. Arch. C. 90. Auf dem Pergamentumschlag von Außen: Inuentarium Cr. Ludwigs bücher. Auf dem ersten, sonst leeren Blatt: Graue ludwigs Bucher. Dann auf der ersten mit Büchertiteln beschriebenen Seite: Allerley Bucher, So mein G. H. Graff Ludwig von Stolber(g) In seiner G. Behausung zu Königstein hatt.

Rechtsbücher, theologische Bücher und merkwürdige Schriften zur Geschichte, Sage und Dichtung aus. Dazu kamen Bücher über Geomantik, Alchymie, Astrologie und Medicin, gerade die letzteren recht den Charakter der Zeit kennzeichnend. Auf seine deutsch-theologischen und reformatorischen Bestrebungen deuteten außer den deutschen Schriften des Alten und Neuen Testaments, deutschen Psaltern, Episteln und Evangelien, geistlicher Auslegung des Lebens Jesu, vom Leiden Christi u. m. a., die Predigten Taulers, die Postille Johann Bugenhagens, die Postille Luthers, der Stadt Worms Reformation, die Schrift de libero arbitrio und liber de omnibus quae ad fidem pertinent.

Als merkwürdige Schriften zur deutschen Sage und Dichtung und zu der ebenfalls vielfach sagenhaften Geschichte heben wir aus dem Verzeichnisse hervor:

Ein Buch, der Reymer genant.

Das Buch Josophat mit deutzen Reymenn.

Die geferlickeytenn des fursten Tewerdangks K. M.

Alexander Magnus, wie er seinn erbenn (leben?) zubracht.

Troianisch Histori, in Reimweise.

Histori vom Konig Florio.

Ein legend vonn geschicht der Romer.

Die XXIIII Alter mit figurenn, Deutz geschriebenn.

Ein Buch vonn Ebenteuer gluck vnnd vngluck.

Ein gedicht von Reimen, genant Citrollus.

Ein troianisch Histori.

Das Buch Granatopfell.

Troianisch Historien.

Ein Cronica.

Histori von dem Kayser pontiano.

Der morn Spruch.

Von der Konigklichen stat Troja wie sie zustort worden.

Histori von Kayser pontiano (vgl. oben).

Cronica von an vnd abgang aller welt wesenn.

Kayserall vnd Babstall (zweimal).

Ein gros buch von den sieben Alternn.

Ein buch mit vielen figuren; hat ein munch zu Friburg gemacht. One namen.

Ein groß Historienbuch.

Ein Buch vonn Schopfung Himmels vnnd Erdenn.

Ein Romisch Historiennbuch aus Tito liuio.

Ein Historiennbuch der Romischen Kayser.

Dazu kommen noch „schöne deutsche Legenden", das Leben der heiligen Altväter deutsch, verschiedene Heiligen-Passional-Bücher, ein Buch von der Offenbarung S. Brigittae, Aetates Mundi zu Deutsch, noch Verse von S. Joachim und S. Anna, der weise Ritter u. s. w. In dem Saal standen besonders lateinische Bücher über römisches und kanonisches Recht, in dem Stüblein hinter dem Frauen-Zimmer vornehmlich patristische und scholastische Werke, ebenfalls in lateinischer Sprache.

Geben uns die herausgehobenen Bücher eine Vorstellung von dem Kreis der Schriften über deutsche Dichtung und Sage und über die sonstigen Werke in deutscher Sprache, wie sie sich im 16. Jahrhundert auf den Schlössern von Fürsten und Grafen fanden,[3] so ist doch zeit- und culturgeschichtlich besonders merkwürdig eine Reihe von den in der ersten Abtheilung stehenden naturwissenschaftlichen Büchern, in denen man freilich mehr Quacksalberei als Arzneikunst, mehr Anekdotenhaftes als wirkliche Wissenschaft, und statt einer wirklichen Sternkunde Astrologie, statt der Physik und Chemie Alchymie und Geomantik zu suchen hat, und unter denen die pflanzenkundlichen wohl noch den größten Werth in sich gehabt haben mögen. Zu dieser Art von Büchern gehörten:

1. Herbarius zu Deutz.
2. Noch ein Herbarius zu Deutz.
3. Ein Buch von nathur vnd dugent der Creaturen.
4. Ein Artzneybuch von allerley krankheitenn / heist sant veltes Register — letzterer Zusatz nachträglich, doch fast gleichzeitig gemacht.
5. Ein buch vonn Alchamey, gezogen Aus geistlichenn Dingenn.
6. Ein Buch von eigenschaft der Ding.
7. Ein desgleichen.
8. Ein geschriebenn Artzneybuch.
9. Herbarius zu Deutz.
10. Ein geschriebener Herbarius mit gemelde.
11. Ein geschrieben latteinisch pferdtartzneybuch / Auch wie man Sperber, Habicht halten, Auch wie ein koch kochen soll.[4]

---

[3] Von einem näheren Eingehen auf diese Bücher müssen wir hier absehen. Die Bestimmung wird bei einigen, der unvollständigen Angaben wegen, nicht mit Sicherheit zu geben sein. Das Buch Josophat dürfte wohl der Barlaam und Josaphat des Rud. v. Ems sein.

[4] Es ließen sich hier noch verschiedene Bücher über die Wirthschaft, vom Streiten, Büchsenwerk, Schwefel- und Pulverbereitung, über die Ordnung des bürgerlichen und fürstlichen Lebens, rhetorische, grammatische Bücher erwähnen. Auch Albrecht Dürers Buch über die Unterweisung der Messung mit Zirkeln, Richtscheiten und auf Linien wird aufgeführt.

12. Ein Buch vonn Schopfung der welt.
13. Geomantia geschriebenn.
14. Ein Buch von Alchamey.
15. Aber II Bucher von Alchamey.
16. Ein Artzneybuch.

Ist auch das Schicksal dieser Bibliothek seit dem kinderlosen Ableben Graf Ludwigs nicht mit Bestimmtheit im Einzelnen zu verfolgen, so ist doch aus verschiedenen Gründen wahrscheinlich, daß dieselbe, wenn nicht ganz, so doch theilweise nach Wernigerode kam. Dort waltete nicht nur in Albrecht Georg der nächst berechtigte Erbe und ein jedenfalls der Wissenschaft nicht abgeneigter Herr, sondern der älteste Neffe Wolfgang-Ernst (geb. 30/11 1546 † 10/4 1606) sammelte dort mit allem Fleiß an einer zuerst in der S. Sylvestrikirche untergebrachten Bibliothek, die den Kern zu der heutigen Gräflichen Bibliothek in Wernigerode bildete. Es ist daher auch natürlich, daß der handschriftliche — und nach dem ganzen Aeußeren zu schließen ursprüngliche — Katalog in das Wernigeröder Haupt-Archiv gelangte.

Wenn wir nun eine ziemliche Anzahl der in diesem Katalog aufgeführten Werke noch heute in der Gräflichen Bibliothek vorfinden, so ist dies allerdings ohne genauere Kennzeichen im Einzelnen noch ebensowenig ein sicherer Beweis für die einstige Zugehörigkeit zu Graf Ludwigs Bibliothek, als es andererseits bei den fast 300jährigen Geschicken der Wernigeröder Bibliothek Nichts besagt, wenn wir andere in dem Verzeichniß genannte Schriften heute nicht mehr in Wernigerode vorfinden.

Von einem Buche aber wollen wir zu beweisen versuchen, daß es aus Königstein stamme und daß es höchst wahrscheinlich der Bibliothek Graf Ludwigs angehört habe und durch die ihm eigene Merkwürdigkeit und Werth ein nicht unerwünschtes Ueberbleibsel aus der alten Königsteinschen Erbschaft bilde.

Es ist dieses ein geschriebenes Buch in Quarto, foliirt bis zur Zahl 256, doch fehlen einige, meist offenbar nicht beschrieben gewesene Blätter. Dem Hauptbestandtheile nach ist das Buch vom Anfange an bis zum Schluß medicinischen Inhalts. Es beginnt mit den eigenthümlichen, nicht sehr saubern medicinischen Krankheits-Diagnosen, wie sie damals üblich waren, handelt dann von den Eigenschaften des Bluts, vom Einfluß und Eigenschaft der Gestirne (Planeten). Meist sind häufige bildliche Erläuterungen mit schwarzer und rother Dinte hinzugefügt, die durchschnittlich vom Anfang nach der Mitte und weiterhin nachlässiger und flüchtiger, einzeln auch nur in Schwarz ausgeführt sind. Die Anfangsbuchstaben sind auf ähnliche Weise meist schwarz und roth verziert. Auf die medicinischen Abschnitte allgemeinern Inhalts folgt nun eine Menge von Recepten gegen allerlei mitunter sonderbare Krankheiten, oft auch mit Angabe der Personen, für welche sie bestimmt sind. Einzelnes betrifft auch nur die Bereitung nicht medicinischer Gegenstände.

Aber während das Buch insoweit nur als eine Merkwürdigkeit höchstens für die Geschichte der Wissenschaft ein Interesse bietet, und kaum hier und da einen praktischen Nutzen gewähren dürfte, so ist es durch seinen gelegentlichen nebensächlichen Inhalt für uns viel wichtiger. Es ist nämlich der Band von allerlei „Urväter Hausrath" vollgepfropft. Verschiedene Klugheitsregeln und Sprüche, auch allerlei Neckisches ist hier und da angebracht.

Was uns aber den sonst nicht sehr sauberen Band, der die Spuren gar häufigen Gebrauchs und Begreifens zeigt und keineswegs mehr in dem ursprünglichen Einband vor uns liegt, so besonders werth macht, ist, daß die verschiedenen Schreiber und Besitzer des Buchs außer den überlieferten oder neu erfundenen Quacksalbereien auch manchen alten Rest von Erzählungen, gereimten Weisheitssprüchen und alten Volksliedern und Sagen aus dem deutschen Heldenbuche — und zwar, wie sich aus der Gestalt der Ueberlieferung zeigt, lediglich bruchstückweise, wie sie es im Gedächtniß trugen, einschrieben. Dadurch ist dieser Mengband ein redendes Zeugniß davon, wie die alte Heldensage, Lieder und Sprüche, wenn sie auch nicht mehr in der ursprünglichen Fülle und Reinheit Allgemeingut waren oder bei Fürsten und Herren gepflegt wurden, doch noch in den Laboratorien der Aerzte und Sterndeuter fortlebten.

Bevor wir nun, unserem Vorhaben gemäß, zwei dieser alten Volksdichtungen in der uns hier überlieferten Form mittheilen, wollen wir Alter und Herkunft des Buches zu bestimmen suchen. Blicken wir auf die Handschrift, so ist diese keineswegs in allen Bestandtheilen gleich alt, sondern zwischen den ältesten und jüngsten Bestandtheilen findet sich mindestens ein Zeitunterschied von 50 Jahren. Im Allgemeinen richtet sich das Alter der Schrift nach der Blattfolge, so daß die ersten Blätter die ältesten, die folgenden die jüngeren sind, doch ist zu erwägen, daß die Foliirung zwar nicht ganz jung, aber doch verhältnißmäßig spät und daß der uns vorliegende Einband und damit vielleicht auch theilweise die Reihenfolge der Theile nicht ursprünglich ist. Auch finden sich Federproben, Kritzeleien, eingeschriebene Namen und angefügte Blättchen zwischen älterem Terte. Man könnte sogar auf den Gedanken kommen, daß der jetzige Einband mehrere früher selbstständige Bücher vereinige.

Die Handschrift der älteren Theile ist mit Sicherheit als dem letzten Viertel des 15. Jahrhunderts angehörig zu bezeichnen, ihr gehören die ersten medicinischen und astrologischen Theile an. Dann folgen verschiedene Hände aus der Zeit vom Ende des 15. bis in die ersten drei Jahrzehnte des 16. Jahrhunderts. Kein Theil des Textes ist jüngeren Ursprungs. Es zeigt sich nicht nur ein Unterschied der Zeit, sondern auch des Ductus in der Handschrift, so daß jedenfalls verschiedene Hände dabei betheiligt sind und nicht etwa dieselbe Hand in früheren und späteren Lebensjahren daran geschrieben hat.

Daß die Schreiber und ersten Besitzer Aerzte oder Heilkünstler waren, versteht sich im Allgemeinen von selbst. Es fehlt aber auch nicht an Andeutungen über die Personen selbst und ihre Heimath. Diese Aufschlüsse ergeben sich aus gelegentlichen Federproben und Bemerkungen, die sich auf leer gebliebenen Seiten angebracht finden. Blatt 126 a ist von ziemlich ungeübter Hand des ersten Viertels des 16. Jahrhunderts geschrieben:

> got trost die sel, wer dass hat gemacht,
> Johann Wirts son von Crumborgk einer hat es
> gescriben etc.

Blatt 134 b steht von etwas älterer und besserer Handschrift:

> Dem ersamen vesten Juncker Hardmud von Kronberck, meym gutten gunner (?)

Diese freilich unvollständigen Andeutungen weisen uns auf das südlich von Königstein ziemlich benachbart gelegene Cronberg und auf das edelste Mitglied der Vereinigung von der Ebernburg hin. Es mag hier erwähnt werden, daß Hartmut von Cronberg ein Freund der Dichtung war und daß bei ihm Michael Styfel, einer der ersten evangel. Liederdichter, Prediger war, ebenso wie in dem benachbarten Oberursel in der Grafschaft Königstein der bekannte Liederdichter Erasmus Alberus wirkte.[5])

Noch wichtigeren Aufschluß giebt uns eine Aufschrift jüngster Hand auf der ersten Seite von Blatt 232 a:

> Dass buch ist Conradenn von Steinbach vnnd er
> hats heu Mullers son geben inn XXXII (1532).

---

5) A. Nebe Prof. Zur Gesch. der Evangel. Kirche in Nassau. 9. Cap.: Die Reformation der Grafschaft Königstein. Denkschrift des Königl. Preuß. Evang. theol. Seminars zu Herborn f. d. Jahr 1867. Herborn 1867. S. 32—78. Das. S. 35 m. Anm. 5.

Das buch ist Conratus zu Steinbach vnd der hats
hen mellerss sun geben von Kunisteyn.

Der Name conratus ist auch in einem Gekritzel auf Blatt 110a zu lesen. Steinbach ist ein altes Königsteinsches Dorf nicht weit östlich vom Königstein und nördlich von Frankfurt am Main. Darnach wäre also das Buch von Steinbach an einen Heinrich Müller oder Meller nach Königstein gekommen. Während im Text noch eins von den Recepten sich als für den „Ratschreiber von Steinbach" bestimmt zeigt (Bl. 163a), so weisen alle die jüngsten Notizen, aus denen sich etwas über den Besitzer des Buches schließen läßt, auf das Städtchen Königstein hin, doch war der Text selbst schon, bevor es dorthin kam, abgeschlossen. So steht nun auf Blatt 198:

wolgeborner, gnediger her zu Kvnnigstein seyn meyn vndertheniger dinnst zuuoran u. s. w. Und weiter:
Anno domini 1529 ist angezeigt, das man sol wischen, wie es jm jar sol seyn.

Blatt 207:

Eberhart graue zu Kunnigsteyn vnd mintzeburgk etc. von Epstein.
Vnser gn. her zu Kunnigsteyn juncker — vndertheniger — fricz dreher burger zu Kunigstein.

Außerdem kommen allerlei Briefanfänge, Kritzeleien und Schreibversuche von jüngster, keineswegs geübter Hand vor.

Nach dem Gesagten — und der sprachliche Charakter des Bandes scheint uns damit übereinzustimmen — weisen uns alle Andeutungen auf die Gegend vom Königstein als Heimath der merkwürdigen Handschrift hin, und soweit wir aus den gelegentlichen Bemerkungen etwas schließen können, dürfte das Buch zuerst in Kronberg einem Johann Wirts, der auch daran geschrieben, gehört haben, von da nach Steinbach an einen Conrad v. St. und von dort 1532 an Heinrich Mellers Sohn von Königstein gekommen sein, neben welchem sich noch ein Bürger Fritz Dreher zu Königstein genannt findet. Die spätern Besitzer scheinen jedenfalls keine hochgelehrten und hochgestellten Leute gewesen zu sein. Als sicher aber ist zu betrachten, daß Nichts in dem Buche nach der Zeit des gelegentlich ausdrücklich erwähnten Grafen Eberhard — also bis 1535 — geschrieben ist.

Was uns nun veranlaßt, dieses Buch als ein Stück der Königsteinschen Erbschaft, oder als ein durch die herrschaftlichen Beziehungen des Hauses Stolberg zur Grafschaft

Königstein nach Wernigerode gekommenes Buch zu bezeich=
nen, ist kurz Folgendes. Da die Königsteinsche Herkunft
aus den gegebenen Andeutungen ziemlich sicher scheint, so
käme es darauf an, das Buch in dem Kataloge der Biblio=
thek Graf Ludwigs nachzuweisen. Wäre dieser nun ein
wissenschaftlich eingehender, so wäre der Beweis bald ge=
liefert. Aber auch so läßt sich die Frage mit einiger Sicher=
heit entscheiden. Aus der oben ausgezogenen Zahl von 16
botanischen, medicinischen, alchymistischen und geomantischen
Büchern sehen wir schon, wie sehr Graf Ludwig derartige
Bücher zu erwerben suchte. Besonders aber ist zu bemerken,
daß bei den sehr wenigen als geschrieben bezeichneten Bü=
chern der Bibliothek Graf Ludwigs sich ein oben mit Nro. 8
bezeichnetes „geschriebenn Artzneybuch“ befindet. Ein
zweites Arzneibuch der Sammlung (oben Nro. 16) trägt
nicht diesen Zusatz.

Als ein Arzneibuch ist aber nun unser Mengband nicht
nur in Kürze zu bezeichnen, sondern er nennt sich auch auf
einer der eingetragenen Kritzeleien selbst so. Bl. 230 a:

Das ist eyn Arez(n)eibuch u. s. s.

Es kommt noch Eins hinzu: Während nämlich ein
großer Theil der Handschriften der gräflichen Bibliothek aus
neuen Erwerbungen (Vieles aus der Zeisberg'schen Samm=
lung) besteht, so bildet unsere Handschrift einen alten Be=
standtheil der gräflichen Sammlung, denn sie hat in einem
Einband aus dem vorigen Jahrhundert das gewöhnliche
Etikett Graf Christian Ernsts mit der gedruckten Jahreszahl
1721. Der Inhalt des Buchs und die sonstige geschichtliche
Entwickelung der Bibliothek läßt es auch an sich nicht wahr=
scheinlich erscheinen, daß das Buch etwa im 17. oder An=
fang des 18. Jahrhunderts erworben wäre. Daß Graf
Christian Ernst, der Werke aus anderen Gebieten mit dem
größten Eifer und Kostenaufwand erwarb, dem Buche —
nach dem Geist der damaligen Zeit — keinen besonderen
Werth beilegte, zeigt der mehr als bescheidene Einband in
dünner Pappe mit hellgelbem Papier und der wenig be=
sagenden Aufschrift Manuscript. Vielleicht hätte uns der
frühere Einband mehr Aufschluß gegeben.

Während wir uns nun ein Eingehen auf andere Stücke
versagen müssen, heben wir nur ein paar der deutschen
Heldensage angehörige und in der verkümmerten Nibelungen=
strophe abgefaßte Lieder das Hildebrantslied und ein Bruch=
stück von Hugdietrichs Brautfahrtsliede heraus. Der Stoff
des ersteren Liedes, dem Sagenkreise der Wölfinge, denen
Hildebrant entstammte, angehörig, ist — wenn auch nicht

der Entstehung, so doch der Aufzeichnung nach — nicht nur das älteste Stück der deutschen Heldensage, sondern als Volkslied hat es sich unter allen dieser Dichtart angehörigen Stoffen am längsten im Volksmund lebendig erhalten. Im 8. Jahrhundert wahrscheinlich zu Fulda abgefaßt wurde es als Volkslied noch bis ins 16. Jahrhundert gesungen. Eine von den späteren Formen dieses Liedes ist nun die gleich mitzutheilende. Im sprachlichen Charakter auf das Ende des 14. Jahrhunderts hinweisend ist die Aufzeichnung aus dem Ende des 15. Jahrhunderts. Es hat noch ein Interesse, daß die Aufzeichnung aus den fränkisch-hessischen Gegenden stammt, der auch die allerälteste angehört. Bemerkenswerth ist in dieser Beziehung besonders das niederdeutsche o statt a und u, z. B. olibrant st. alebrant; Frau ottich st. uttich oder ute; motter st. mutter, rit, rit(t)en st. reit., reiten. Das Lied ist in der uns vorliegenden Gestalt sehr nachläßig aufgezeichnet und es geht daraus sowohl hervor, daß es nur nach dem Gedächtniß aufgeschrieben ist, als daß der Aufzeichner kein besonders geübter Mann war. Obgleich es in Langzeilen abgesetzt ist, so sind doch die Verse manchmal zu kurz, manchmal zu lang, so daß die Nibelungen-Strophe an ein paar Stellen fast nicht zu erkennen ist. Die Verse ließen sich zwar aus andern Aufzeichnungen leicht ergänzen und herstellen, es kommt uns aber hier auf eine möglichst genaue Wiedergabe der überlieferten Form an, damit man nach allen Seiten hin leichter beurtheilen könne, in welcher Gestalt das alte Lied noch bis in die Zeit der deutschen Kirchenerneuerung von Mund zu Mund ging.

Der Inhalt ist nach der ältesten Gestalt, nach der es noch ganz der Heldensage angehört, kurz folgender: Hiltibrant, der Sohn Heribrants, der sechzig Sommer und Winter außer Landes war, und sein Sohn Habubrant fordern, einander nicht kennend, sich an des Landes Mark zum Kampfe heraus. Hiltibrant, der in dem Widerpart seinen Sohn erkennt, sucht den Kampf zu vermeiden, indem er den Letztern nach seinem Vater fragt. Der sei, antwortet Jener, mit Theotrich und dessen Mannen, Ottachers (Odoakers) Neid (Haß), weichend, aus seinem Land und Freundschaft geflohen und habe seine Frau mit einem unerwachsenen Kinde zurückgelassen. Hiltibrant bietet dem Sohne jetzt schöne Spangen an, die er vom Hunenfürsten erhalten habe. Habubrant aber, dem Seefahrer von der Wendelsee (Mittelmeer) gesagt haben, sein Vater sei todt, hält ihn für einen listigen Hunen und besteht auf den Kampf. Mit blutendem Herzen muß nun der Vater mit dem Sohn kämpfen. Es fallen wuchtige, verwundende Schläge. — Hier bricht das alte Bruchstück ab.

Weit weniger kräftig und ursprünglich ist das Volkslied, wie es etwa seit dem 13. Jahrhundert bis ins 16. Jahrhundert im Volk und von Bänkelsängern umgestaltet und gesungen wurde. Hiltibrant, seit 32 Jahren von Bern entfernt, trifft auf der Heimkehr seinen Sohn Olibrant (sonst Alebrand) an der Mark des Bernerlandes. Olibrant erkennt den Vater nicht und bekämpft ihn mit Stahl und spitzigen Worten. Der Alte erhält vom Jungen einen Schlag, daß er vierzehn Klafter hinter sich springt und wohl erkennt, daß jener seines Geschlechts als Wölfing würdig ist. Da faßt Hiltibrant den Jungen bei der Krenke (der Stelle, wo er am schwächsten war, französ. taille) und schwingt ihn rückwärts ins Gras. Der Sohn muß sich nennen. Da schließt auch Hiltibrant den goldenen Helm auf und küßt den geliebten Sohn. Viel lieber wollte Olibrant die Wunde unter seinem eigenen Herzen tragen, die er seinem Vater geschlagen. Seinen Vater an der Seite reitet er zu Bern ein, führt ihn in der Mutter Haus und setzt ihn oben an den Tisch. Frau Ottech (Ute, Ute) meint, es gezieme sich nicht, einen gefangenen Mann obenan zu setzen. „Kein Gefangener ist er hier, es ist Hiltibrant der Alte, mein lieber Vater, biete ihm Zucht und Ehre" erwiedert der Sohn. Soweit unsere Aufzeichnung, die aber nicht ganz vollständig ist, wie schon das etc. am Schluß andeutet. Die Mutter schenkt nämlich ihrem Manne selbst Wein ein und erkennt ihn an einem Ringlein, das er aus dem Munde in den Becher fallen läßt.

Das Hildebrantslied, wie es uns in der ältesten Gestalt noch in stabgereimten Langzeilen vorliegt, gehört in den Amelungen- oder ostgothischen Kreis der deutschen Heldensage. Hildebrant, der Alte, gehört der Gestalt der sogenannten Meister, der Alten, Weisen und Erfahrenen an. Er steht den Tumben oder Unerfahrenen als Waffenlehrer an der Seite, ist ihr Führer in der ersten Schlacht. Er ist vielbewandert, alle Lande und Männervölker sind ihm kund. Seine Kraft ist gewaltig. Ihm gegenüber ist Hadubrant (Olebrant) ein Unerfahrener, der sich die ersten Sporen verdient.

Aber neben der List und Klugheit ist dem Meister auch Scherz und Kurzweil eigen und seine Vorsicht und Ueberlegung erscheint manchmal auch als Schwerfälligkeit, Hartköpfigkeit und Verstocktheit. Wir wollen ein merkwürdiges Beispiel davon anführen, wie die Gestalt des Meisters nach

dieser Auffassung noch in der Reformationszeit im Bewußt⸗
sein der Leute lebte. Als nämlich am Ostertage 1523 Simon
Hoffmann — wahrscheinlich ein Augustiner aus Erfurt —
eine reformatorische Predigt zu Stolberg im Harz hielt, so
suchte er der zahlreich versammelten Gemeinde deutlich zu
machen, daß die schwerfällige, blinde, zum Glauben unge⸗
schickte Natur des alten Menschen das Evangelium vom
Fleisch und Blut des Herrn sich nicht aneignen möge und
sagte: „darumb solt jr altzeit mit dem wort gottes gespeiset
werden / vnd so offt jr darein glaubet mit dem hertzen /
esset jr blut vnd fleisch Christi / das konnen vnsere alte
hillebrent /.nicht in jre blinde kopffe bringen".[6]
Hildebrant erreicht nach der Sage ein sehr hohes Alter, in
der nordischen Sage wird von 180 bis 200 Jahren ge⸗
sprochen.

Gehen wir nun zu dem in dem besprochenen Meng⸗
bande überlieferten Hildebrantsliede über, so finden wir es
mitten zwischen allerlei Lehren und Recepten über Pulver,
Salben, Pflaster und Latwerge. Auf Blatt 95 a beginnt
unten noch die Beschreibung für „Ein buluer, damit man
ästeln wortz dött, vnd höss fleisch vertript." Dieses reicht
bis zur dritten Zeile der folgenden Seite. Dann folgt gleich
auf derselben Seite, ohne Absatz und Ueberschrift, unser Lied.
Dieses nimmt in seinen 19 Gesätzen etwas über drei Seiten
ein, indem es bis zur achten Zeile auf der ersten Seite von
Blatt 97 reicht. Dann folgt wieder ärztliche Belehrung,
ohne besondern Absatz: Nu gat ein capittel an vom baden
in dem regen u. s. f. Blatt 97 b stehen Rathschläge des
„Meinster ippokras." Es sind dabei mancherlei Histörchen
über medicinische Erfahrungen untergemengt.

Gerade die Seiten, auf denen unser Lied steht, sind
durch die häufige Lesung und Benutzung so unsauber ge⸗
worden, daß nach dem Rande zu einzelne abgegriffene Stel⸗
len mit späterer Dinte neu überschrieben wurden. Die
Schrift ist ziemlich flüchtig, doch leserlich; nur ist von Bl.
96 unten ein Stück abgerissen, wobei auch Bl. 97 in ähn⸗
licher Weise beschädigt ist. Die einzelnen Strophen sind
durch flüchtig aus freier Hand gemalte rothe Linien unter⸗
schieden, eben so die ersten Buchstaben etwas mit rothen
Strichen hervorgehoben. Das J des Anfangs ist noch als
ein bärtiger Kopf ausgemalt. Daß den Besitzern des Buches,
das als ein Haupterbstück von Hand zu Hand ging, das

---

[6] Gedruckt zu Erfurt durch Michael Buchfürer 1523. 4°. Gräfl.
Bibl. H c 981, 16.

Hildebrantslied sehr im Gedächtniß lag, geht auch daraus hervor, daß Blatt 111a noch einmal die erste Zeile desselben und darunter eine sehr rohe Federzeichnung, den alten Hildebrant mit Lanze und Schwert auf der Heimfahrt begriffen darstellend, eingeschrieben ist. Wir lassen nun einen möglichst getreuen Abdruck des Liedes folgen:

„Ich solt zu lande ritten,[7] sprach sich meister hiltibrant,
„der mich die wege wisse gein bern in die lant:
sie sint mir vnkunt gewessen vil manchen liben tag,
das ich in zway vnd driszig iaren fraw ottich nie gepflag.“

„Wiltu zu lande ritten“, sprach sich herczug ambelung,
was begeint im in der marcke? ein sneler tegen jung;
was begeint im in der marcken? der sun her ollebrant,
„vnd werstu selb zwelfte, von jm werst angerant.“

„Rit er mich an in sinem vbermut,[8]
ich verheisz jm der min trwe, es dut jm nimer gut,
ich zurhaue jm sinen grünen schilt mit einem scherm schlag[9]
das er siner mutter ein jar zu klagen hat.“

„Das solt nit tun,“ sprach von bern her ditterich,[10]
„der iung her olibrant ist mir von herzen holt gar iniglich;
sprich zu im ein fruntlichs wort durch den wilen min:
das er dich lasz ritten als lib als ich im sie.“

Da der alte hiltbrant zu des berners burg uszreit,
jn des berners marcke kam er in arbeit,
in des berners marcke da ward er angerant:
da sprach der iung zum alten: „wasz sust in dissem land?

Du forst din harnesz luter als werst der jaren ein kint,
du machst unsz mugen recken mit gesehen augen blint;
du solst da heimen bliben vnd haben huszgemach
vber einer heissen glut.“ der alt der lacht vnd sprach:

Solt ich da heimen bliben vnd haben huszgemach?
mir ist al min tage zu stritten vff gesatz,
zu stirmen vnd zu stritten bitz uf min hinefart;
das sag ich dir vil iunger hilt, darvmb so gräet mir der bart.“

---

[7] Bl. 111a steht von anderer jüngerer Hand: reyten.
[8] Uhland Deutsche Volkslieder I. 330: „Ja rennet er mich ane in seinem ubermut.
[9] Von scirm, escrime, Schirmschlag, Fechterschlag.
[10] Uhland: Das solt du nicht entune! sprach sich herr Dieterich, wann der jung herr Alebrant ist mir von herzen lieb.

Dinen bart will ich dir usz rauffen", sprach sich der
             kune man,
das dir das roszvar blut vber die augen musz gan;
din harnesz vnd dinen grunen schilt must mir hie uf
             geben,
dar zu die selbs gefangen vnd wiltu fristen din leben."

Min harnesz vnd min gruner schilt hent mich dick hernert,
das sag ich dir vil iunger hilt, es wird dir hie herwert."
Sie lissent von den wortten vnd zuckten scharffe schwert,
was die zwen hilten da begerten des wordens da gewert.

Ich weiss nit wie der junger gab dem alten einen schlag,
das sich der alte hiltibrant von herzen ser herschrack;
Er sprangk hinder sich zurucke vierzen klaftern wit;
Ich nim es uff min trwe den straich hat dich gelert
             ein wip." 11)

Er lisz sinen grunen schilt sincken in den sant;
jch weisz nit wie der alte dem jungen das schwert
             [entwant];
Er begriff in in der mitte das (so st. dar) er am
             schwechsten [was],
er warff in zu der erden wol in das [grune gras:] 12)

Der sich an alte kessel ribt der entpfacht gern den ram, 13)
So sag du mir vil iunger, alsz hastu mir getan;
gib mir uf, din bichtvatter will ich wessen,
bistu dan der wilffingen einer vor mir so machst wol
             genessen."

Wolffe, dasz sint wolffe, die lauffen in dem holtz:
So bin ich doch ein ritter von krichen[lande] stoltz,
Min mutter hisz fraw gutte, ein gewaltige herzugin,
min vater hiltibrant der alte, ich gesach in mit augen nie."

Vnd hisz din motter fraw gut[e], ein geweltig herczogin,
so bin ich hiltebrant der alte, der liebeste vater din."
Er schlosz in vff sin gulden helm, er schosten 14) an sinen
             mont:
No sy es got gelobet, das wir peide leben vnd sin gesont."

---

11) Hier ist die durch Schmutz undeutlich gewordene Stelle von späterer Hand und Dinte erneuert. Dadurch steht jetzt weit und weib und ein, das durch el abgekürzt war, ist jetzt nur mühsam zu erkennen.
12) Die in Klammern gesetzten Worte sind mit dem Stück Papier abgerissen.
13) Ram = Nuß. Aehnlich: Wer Pech angreift, besudelt sich.
14) so st. chust in oder kust in = küßte ihn.

No ruwen mich die wonden sir dich mynem vater hab
gschlagen,
wil (ſt. vil) lieber wolte ich sie selber vnder mynem
hercze[n] dragen."
No swig, gut son er olebrant, der wonden wirt got rat,
sint das vnsz vnser her ihesus christ einander zerkennen
geben hat."

Das weret von der non wisz vff dye vesper zit.
das der jonge er olebrant weder zu siner burge in reit;
wasz vort er vff sinem helme? ein grünes krenczelein;
dar zu nebe im gefangen den liebsten vater sin.

Er furt in heim zu landen als man ein gefangen tut,
er saczt ein oben an den disse vber siner motter gut.
„[Min lieber] son, er olebrant, das ist ein nwer list
[zu setzen] ein gefangen man oben an den disz."

„No swyge, liebe motter, no swig ein kline weil:
es ist hiltebrant der alte, der liebeste vater min.
No stant vff liebe motter vnd but im zucht vnd ere."
„No sag min son, er ollebrant, wo brengest du mir in her?

„Motter, liebe motter, das wil ich dir wol sagen,
er het mich dort fer vf gener heyde ser na zu dot
gschlagen;
dar vmb bring ich in gefangen so gar vm alle spot
ja weder vmb heym zu lande, das helf vnsz allen got." etc.

Das u. ſ. w. Zeichen deutet an, daß dem Schreiber
das Mitgetheilte zum Festhalten des Liedes genügte. Die
Schlußstrophe geben wir nach Uhlands deutschen Volksliedern I. 336:

„Ach mutter, liebe mutter, nun beut im zucht und er!"
do hub sie auf und schenket und trug ims selberher;
was het er in seinem munde? von gold ein fingerlein,
das liesz er inn becher sinken der liebsten frawen sein.

Auf diese neue Faſſung eines uns in ſehr alter Aufzeichnung überlieferten Sagenstoffes laſſen wir noch aus
demselben Mengbande ein Bruchstück vom Hugdietrich folgen, der ſammt dem ihm gewöhnlich voraufgehenden König
Ortnit und dem ihm in der Erzählung folgenden Wolfdietrich
zu den uns in verhältnißmäßig spätester Bearbeitung vorliegenden Stücken der deutschen Heldensage gehört. Mit
dem Hilbebrantsliede hat die leßtere Sage gemein, daß ſie
ebenfalls zu dem Kreis der Amelunge oder dem oftgothiſch-

longobardischen Sagenkreise gehört.[15]) Hier wie dort begegnet
uns ein Meister oder Erzieher (Herzog Berchtung) gegenüber einem Unerfahrenen, Tumben (vgl. in unserm Bruchstück: die tumen kint), zu denen Hugdietrich eben selbst gehört. Auch ist die überlieferte Form des Hugdietrich der
nach dem Hildebrantsliede genannte Hildebrantston. Sonst
aber bilden die Gedichte einen Gegensatz, indem im Hildebrantsliede reckenhafter Kampf und männlicher Ton — an
das Nibelungenlied erinnernd und den Kämpfen der Ilias
vergleichbar — in Hugdietrichs Brautfahrtsliede dagegen
eine fast weibliche List und ein friedliches Bild, wie wir es
in der Gudrun und den Gesängen vom listenkundigen
Odysseus zu suchen gewohnt sind, entgegentritt.

Zu Konstantinopel wuchs ein reicher, junger König,
Hugdietrich mit Namen, schlank an Gestalt, blond an Haar.
Zwölf Jahre alt, verlangt er eine schöne Frau zur Gattin
zu gewinnen. Sein ihm vom sterbenden Vater zugetheilter
Erzieher oder Meister, Herzog Berchtung von Meran, rühmt ihm
als über alle Jungfrauen schön Hiltiburg, Tochter des Kö-
nigs Walung (sonst Walgund) und der Libgart zu Salneck
(Salonichi, bei den Türken Selanik, das alte Thessalonich).
Aber ihr Vater hat geschworen, sie Keinem zum Weibe zu
geben und hält sie deshalb in einem festen Thurm verschlossen.
Zu jung, sie im Kampfe zu erwerben, will er sie durch List
gewinnen. Als Jungfrau gekleidet und mit Stimme und
Geberde der Jungfrau lernt Hugdietrich an der Rahme (Rahmen,
Holzgestell zum Nähen, Sticken, ganz besonders zum Borten-
wirken) schönes Bildwerk fertigen, wilde und zahme Thiere,
Hirsch und Hunde, wie es lebt. So zieht er, als geschick-
ter Lehrling einer ausgezeichneten Meisterin, vom Meister
Berchtung wohl berathen, im stattlichen Gefolge nach Salneck,
wo er sich Hiltgunt, des Griechenkönigs Schwester, nennt
und vorgiebt, sie sei vor ihrem Bruder, der sie einem ihrer
unwürdigen Manne aus der Heidenschaft habe antrauen wollen, geflohen. Von Walung und Libgart wohl aufgenom-
men, wird er mit Hiltiburg, als ihre Gespielin, in den Thurm
geschlossen, und lehrt sie die weiblichen Künste des feinen
Nähens und Stickens. Nach der verabredeten Zeit wird die
vermeinte Hiltgunt vom Herzog Berchtung abgeholt. Ein
der Hiltiburg geborenes Knäblein wird von der Mutter ver-
steckt und von einem Wolf verschleppt, woher es den Namen

---

[15]) Den Nachweis, daß die Sage v. Hugdietrich und seinem Sohn
noch Spuren fränkischen Ursprungs enthalte und den austrasischen
Gegenden angehöre, wie schon Lachmann vermuthet s. Müllenhoff
in Haupts Zeitschr. 6, 442 ff.

Wolfdietrich bekommt. Als König Walung in des Wolfs Höhle das Kind gefunden hat, eilt Hugdietrich, nun als solcher auftretend, nach Salneck, küßt das Knäbchen und nimmt es als sein Kind auf. Hiltiburg wird ihm in großen Ehren als seine Frau angetraut und dem Wolfdietrich fällt später Konstantinopel, das Königreich der Griechen, anheim.[16]) Nur der erste schönste Theil des Gedichts ist unserer gemischten Handschrift aufbewahrt. Doch ist davon wieder ein Stück am Anfang (bei Haupt a. a. O. Str. 1—13) nicht mit überliefert.

Die Einschreibung dieses Bruchstückes in das Arzneibuch ist an sich ein willkommener Beweis, wie zu jener Zeit das zarte liebliche Abenteuer noch im Volke lebte und gern gehört und gelesen wurde.

Ueber Alter und Gestalt der uns vorliegenden Aufzeichnung, die von den 258 Vierzeilen der Wiener Handschrift (Haupt Zeitschr. 4, S. 401—430) nur 24 enthält (Das. 14—36), ist dasselbe zu sagen, wie beim Hildebrantsliede, daß nämlich die Schrift in die letzten Jahrzehnte des 15. Jahrh. zu setzen ist, während der alternde Heilkünstler, besonders aber die späteren Besitzer des hochgeschätzten Buches, noch bis in die ersten dreißiger Jahre des 16. Jahrhunderts einzelne Aufzeichnungen und Einschreibungen hinzufügten. Die Absätze der Strophen sind nicht angedeutet; ebenso fehlen alle Lesezeichen, die großen Buchstaben sind ohne feste Regel angewandt. Der Versbau ist vielfach fast unkenntlich. Der Reim ist ganz vernachlässigt, zumal auch der Aufzeichner seiner Mundart und der Sprachstufe seiner Zeit folgt. So heißt es z. B. in 1. Paar der 15. Vierzeile lisr und ging, während bei Haupt 4, 407, 27 lic und gie reimt: Vgl. 23 spechen und geschen; 1 dun die kont u. heist walung; die 7. Vierzeile ist ganz in Unordnung. Wir geben auch hier nur einen getreuen Abdruck mit Hinzufügung der Lesezeichen und Abtheilung der Vierzeilen.

Unserm Bruchstück vorher geht: Von dem husrad ein Spruch (Bl. 215b bis 218a). Dann folgt das Stück auf der 2. Seite von Bl. 218 und reicht bis zum 3. Viertel von 220a. Auf der folgenden Seite folgt dann wieder Heilkünstlerisches, zunächst Anweisung, wie man „ein swarez pflaster zu alten schaden" bereiten soll.

---

[16]) Die geschichtl. = geograph. Namen des Liedes weisen auf die in Folge des 4. Kreuzzugs seit d. J. 1204 gebildeten fränkisch = griechischen Lehnsstaaten der griech. Halbinsel, doch widerstrebt einem näheren Nachweis das freie bunte Gewebe der dichtenden Einbildungskraft.

[**D**]a[17]) sprach der herzug berchtong: ich dun dir kont
Es sitz zu selneck ein kung, heist walung,[18])
des fraw ist geheissen die schone libgart,
die zway hant ein döchtterlin das schoners ny wart.

Hiltiburg heist die schone ist sie genant,
jch weisz zu salneck noch vber alle lant
kein kungin noch kein schoner magt,
die dir zu konstatinappol so recht wol behagt.

Sie ist von allen liren (?) kungs dochtter vnd schanden fry,
zucht vnd schone die zway wont ir by,
Masche[19]) vnd scham vnd gut beschaidenheit,
zucht vnd tugent vil recht treit die meitt.

Sie ist on allen wandel die magt hochgeborn,
das ir liber vatter ein ait hat geschworn
das er sie nimer geb einem kung rich;
vff einen turn hat er vermuret die magt minuglich.

Zwo vil hoch muren vnd drei vil hoch graben
Die sint vmb die burg gar ritterlich hergraben,
uff einem hochen felsen dar uff der dorn stat
nimau dan vatter vnd mutter man zu ir lat.

Nvr einen wachtter der hut ir zu aller zitt,
vnd einen dorwachtter der ir zu essen git,
vnd ein junckfraw die ir zu tisch behagt;
also wol ist behut die keisserliche magt.

von dines vatte[r]s tote here zwelf iar[20])
vmb die schone junckfraw, wan du must sie hinder dir lan;
Mit allen unsern sinnen kunnen wir ir gewinnen nit,
wir mussent sie zu salneck lassen, waz vns darvm geschith.

[17]) Für den verzierten Anfangsbuchstaben ist ein ziemlich großer leerer Raum gelassen, doch ist derselbe, wie so oft in Handschriften, nicht zur Ausführung gekommen.

[18]) Hier der echte alte Mannsname des Königs, während dafür die anderen späten Ueberlieferungen das verderbte Walgunt (wie Hildegunt, Radegunt ein Frauenname) zeigen. Müllenhoff in Haupts Zeitschr. 6, 457.

[19]) gleich masze, Maß.

[20]) In dieser Form unverständlich. Nach Haupt 4, 403, 19 steht statt dieser die Langzeile: Was hilft euch, vil lieber herre, daz ich euch verichen han / von der schonen frawen? u. s. f. Es ist etwas ausgefallen, was sich nach dem Heldenbuch Hagenau 1509 Bogen e 4. Blatt ergänzen läßt: Vor eueres vatters tode / Herre wol zweyntzig jar / Do reyt ich auff genade / Hyn zu dem künig klar / Do sach ich zu drey molen u. s. f. — Gräfl. Bibl. Pk 123.

Du weist wol, liber meinster, das die tumen kint
nach zu stirmen nach zu stritten keinen frumen fint;
nach zu hochen eren, wo man der pflegen sol.
nu rat mir durch din tugent, dar an dust du wol.

Nach der schonen frauen stat mir der mut;
jch wil lernen klein spinnen, ob es dich dunckt gut,
vnd darzu weche newen mit siden vnd mit vaden,
Mit junckfrawen zucht wil ich mich vberladen.

Nu heisz mir gewinnen die beste meisterin
so sie zu konstatinapol vber das lant mog sin
die mich lerte huben wircken durch ein wonder enge zal
dar vmb zu borten die ein breit die ander schmal [21]

die mich lert wircken das gedicht an der ram
vnd dar uff entwerffen baide wild vnd zam,
hirtz vnd hinen, also es lebendig möge sin,
also wil ich mit listen werben vmb die kungin.

Da hertzug be[r]chtung sinen heren ane sach,
das das kint von zwelf iaren so wislichen sprach,
Er sprach, wir mussent durch ein wonder gewinnen die
                           beste meisterin
So sie zu kunstatinapol vber das lant mog sin.

also lert hugditterich bitz in das ander iar
also wech newen, sagt vns disz buch vorwar [22]
was im vor entwarff die hohe meisterin,
des ward er ein heupt meinster zu den henden sin.

Nach einer iunckfrawen stim kert er sinen mont,
das har lisz·er wachssen an der selben stund;
Er wasz an dem lib schon vnd minuglich:
oberhalb des gurtels wasz er einer frawen glich.

jn einer junckfrawen watte er sich da sechen lisz
da er zu konstatinapol in die kirchen ging
die vor wol herkanten den edlen kung rich,
Si fragtent der mere: wer ist die fraw minuglich?

---

[21]) wohl: die Haube (Mannshut) mit wunderbar engen (dichten) Borten, breiten und schmalen, zu umsäumen.

[22]) Hier findet sich wieder, wie in der Einleitung zu dem mit dem Hugdietr. zusammenhängenden König Ortnit auf die wirkliche oder angebliche Quelle der Sage verwiesen. Diese Hinweisung fehlt bei Haupt Zeitschr. 4, 404, 25, zweite Zeile. Vgl. Uhland Dicht. u. Sage I. 424.

Da das hugditterich selber an im bevant
das er was der welte so gar vnbekant,
das frawet sich sin hertz vnd hugt[23]) sich sin mot:
Er gedacht, kum ich gein salneck, min werb ist gut.

Nu hertzug be[r]chtvng, gib mir rat,
du sichst wol, liber meinster, wie es vmb mich stat,
in welcher gestalt wisse sol ich von hinnen varn?
da sprach der alt grise: ich kan dich wol bewarn.

du solt mit dir furen, hugditterich,
funfzig ritter schon gekleit wonuglich
vnd firhondert knecht, die sint wol bereit,
Sesvnddriszig iunckfrawen die tragen riche kleit.

du solt mit dir furen din herlich gezelt
So du kumest für salneck uff das rich velt,
heisz es uff schlachen vff dem witten plan;
darvnder soltu sitzen, heisz din diner vor dich stan.

so wir[t] usz der stat bald herusz zu uch gesant
durch wasz abenttur ir sint kumen in das lant;
Du solt nit anders sprechen, liber here min,
Du siest von konstatinapol, liber here min,[24])

vnd hab dich vertriben din bruder hugditterich;
er wil dir geben ein man der sie dir vnglich:
ein vngetauften vss der heidenschafft,
du siest kumen vff gnad des kunges dugenthafft.

Das er dich behalt der kung uszherkorn,
bitz din bruder hugditterich gein dir wol lassen sinen zorn.
jch weisz, das er dirs nit versait, er ist so ein bider man;
vnd blib durt salbvird, das gesind send mir herdan.

vnd wirb du dir dasbeste bitz in das dritte jar;
So wil ich zu dir ritten, das sag ich dir vorwar;
jch wil das versuchen mercken vnd spechen_
ob dir kein abenttur in der burg sie geschen.

Nu ward hugditterich des gutten rats fro:
funffzig ritter hisz er bereitten da,
virhundert knecht warent wol bereit,
Sesvnddriszig iunckfrawen trugent riche kleit.

---

[23]) huge Ahd. hugju 1) ich denke, 2) ich freue mich, besonders mir hüget der muot, noch heute holl. heugen (spr. högen) gedenken und zig verheugen = sich freuen. Der Name Hugdietrich ist jedenfalls mit diesem Stamm zusammengesetzt.

[24]) Haupt 4, 405 zweite Z. v. oben „ich pin aus constantinoppel ain edel kunigein.“

Das ganze Gedicht von Hugdietrichs Brautfahrt hat in neuester Zeit eine besondere Beachtung und in Wilhelm Hertz einen neuen Bearbeiter gefunden. Zuerst im Münchener Dichterbuch erschienen, trat diese Bearbeitung bald nachher auch in einem eigenen kleinen Büchlein hervor. Franz Pfeiffer in seiner „Freien Forschung“ S. 449 — 463 preist dieselbe mit begeisterten Worten als eins der vorzüglichsten, anmuthigsten Erzeugnisse auf diesem Gebiete. Statt des Hildebrantstons ist die durch den Reim in zwei Theile geschiedene Langzeile, die in der deutschen Sagendichtung schon früh Anwendung fand, gewählt worden.

Von den sonstigen der Dichtung angehörigen Bestandtheilen des Buchs steht ein Theil mit seinem eigentlichen oder Hauptinhalt in näherer oder fernerer Beziehung. Dahin gehört Bl. 40 und 41 die Geschichte von dem gottlosen aussätzigen römischen Senator, der in seiner durch die Krankheit gesteigerten Gottentfremdung sich vom Teufel zur Anfertigung und Verbreitung des vom Satan selbst erfundenen Doppelsteins oder Würfels, der Fürsten und Völker verderbt und Gott und seine Heiligen unehrt, verleiten ließ. Diese Erzählung in ungebundener Rede wurde so eifrig gelesen, daß die Hälfte von Blatt 41 abgerissen wurde und sie lag so in den Gedanken der späteren Besitzer, daß der Anfang [25]) sich noch wiederholt in demselben Mengbande in Schreibansätzen verzeichnet findet.

In kurzen Reimpaaren ist abgefaßt ein scherzhaftes Gedicht von dem Einfluß der Planeten auf die Natur der Menschen (Bl. 87b — 94b; Bl. 93 fehlt zur Hälfte). Es ist reichlich mit rohen, theilweise aber nicht ungeschickten Handzeichnungen — roth und schwarz — verziert[25*]) und beginnt:

> Saturnus ein stern bin ich genant,
> der hochst planet gar wol bekant;
> natürlich bin ich trucken vnd kalt,
> mit minen wercken manigfat.
> so ich in minen hussern stan
> dem steinbock vnd dem wa serman
> dem tun ich schaden zu der welt
> mit wasser vnd mit grosser kelt.

---

[25]) Dieser lautet: Es wasz vorzitten in der statt zu rom ein senitor. Aus dem letztern Worte wurde Bl. 107a, 134a und 207a sinter.

[25*]) vgl. Blatt II., welches zugleich eine Schriftprobe enthält, die nach ihrem Charakter dem Durchschnittsalter des ganzen Mengbandes entspricht.

Zuletzt heißt es — mit Bezug auf den Mond (Bl. 94):

> der stern wircken gat durch mich,
> Ich bin vnstet wonderlich,
> Min kint keins gezemen kan,
> niman sie sint gern vndertan,
> Ir angesicht ist blaich vnd ront,
> krum grussam zen, einen dicken mont
> vbersichtig, schel, einen engen ganck,
> gern hoffertig, der lip nit lang.
> lauffer, fischer, gauckler, marner,[26]
> farn schuller, fogler, müller, bader
> vnd was mit wasser sich hernert
> den ist des mones schin beschertt.

Hieran läßt sich anreihen das Gedicht Bl. 130 b — 133 a, worüber eine Hand des 16. Jahrh. geschrieben hat: Von der Natur der menschwerdung etc. Es handelt im lehrhaften Tone von der Entwicklung und Geburt des Kindes und beginnt:

> Hilger geist, nu gib mir radt.

Gegen den Schluß heißt es (Bl. 133 a):

> Also redit der helmstetter.
> nu bit ich uch, ir werden man,
> jr helffent mir got ruffen an u. s. w.

Bei diesem „Helmstetter“ dürfte wohl weniger an die niederdeutsche Stadt Helmstedt, als an ein Glied der durch Geist und Gelehrsamkeit besonders im 15. Jahrh. ausgezeichneten altfränkischen Familie der Freiherrn und Grafen von Helmstatt zu denken sein.

Andere Stücke haben wieder mit der Heilkunst Nichts zu thun, so die Schwänke und Vagantenstückchen, die der Schreiber aus dem bunten, rohen Treiben der Hochschulen im 15. Jahrh. mit überkommen und mitgebracht hatte, Bl. 135 b—137 a: von einer Frau, die am Grabe ihres jüngst bestatteten Mannes weinend von einem Galgenwärter sich trösten läßt und schließlich die ausgegrabene Leiche ihres Mannes an die Stelle der gestohlenen Diebsleiche an den Galgen hängen läßt — mit naivem Titelbildchen — (vgl. Boner's Fabeln LVII.):

> Man leist von zwaien menschen das
> ir hertz mit min verstricket was u. s. w.

Bl. 137 a —138 a Geschichte von einem auf seine vermeintlich schöne Stimme eiteln Pfaffen, der, als er einst beim Messe-Singen eine Frau in der Nähe schluchzen hörte

---

[26] Spätlat. marinarii = See- oder Schifföleute.

unb meinte, sein Gesang habe die Saiten ihres Herzens so tief gerührt, von dieser hören mußte, daß seine Töne sie nur an das Geschrei ihres Esels, dessen Verlust sie be=trauere, erinnert hätten:

> Ejn pfaff wasz stoltz vnd klug
> alsz noch ist pfaffen gnunck u. s. f.[27])

Das folgende Liedchen vom Bauer und dem Vögelein Bl. 138 ist unvollständig. Vgl. Boner's Fabeln XCII. Sein Anfang lautet:

> EIn gebur ving ein fogelin
> mit einem hurnin schnebelin.

Es folgen Bl. 140 bis 143 a De ordine vagorum unb vier weitere lateinische Vagantenliedchen, die gewiß alle anderweit bekannt sind. Blatt 86 b steht ein lateinisches Empfehlungsschreiben für einen Heilkünstler unb das Gesuch eines solchen zur Habilitirung.

Aber außer den beiden oben mitgetheilten Stücken fin=ben wir in unserem bunten Mengbande noch verschiebene Dichtungen von meist noch größerer Ausdehnung, die auf das Stubium, Heilkunst unb Sterndeuterei keinen Bezug haben. Dazu gehört zunächst Bl. 113—125 die 26 Seiten füllende Unterweisung in der Hofzucht, ein Gegenstand, der schon im 13. Jahrh. von bem „Tanhuser" in Verse ge=bracht wurde.[28]) Das Gedicht wird eingeleitet durch die Fabel von dem Esel in der Löwenhaut.[29]) Wie nämlich jener Esel, der sich durch Umhängen der Löwenhaut den Schein eines Höheren, Edleren zu geben suchte, durch den Müller leicht erkannt unb entlarvt wurde, so geht es Jedem, der ohne tiefer gehende Hofzucht sich einen höheren Schein geben will. 114 b:

> by myner selen, er ist betrogen,
> dye hut die wart nv abgezogen
> mit schand vnd myt leyd
> recht als vff gener heyde
> dem trugner leowen ist beschehen;
> Er sol sich basz vmbsehen,
> also rat der wise man.
> wer von ym selber nyt enkan
> der volg myner lere
> vnd lerne zucht vnd ere,

---

[27]) Vgl. v. Keller Fastnachtsspiele S. 1379: der pfaff Singer: Ein pfaff junk und clug / als noch pfaffen sind genug. (vgl. Boner's Fab. LXXXII.)

[28]) Haupt Zeitschr. für deutsches Alterth. 6, 488; 7, 174.

[29]) Was zu Förstemann Gräfl. Stolb. Bibl. S. 104 zu be=merken ist.

er sal des wisen nemen war,
beyde styl vnd vffenbar
sal er den wisen treten zu,
was er da sech das er das thu.

Besonders auf die Hochachtung und den Verkehr mit edeln Frauen lehrt die Hofzucht achten 115a:

alt lut ere, das ist tugentlich,
dem krancken butt: »fried dich «
pfaffen vnd frawen ere
das heist gottes ler(e).
by der zucht gebut ich dir
das dir von aller diner begir
Erst wiplich zucht,
wan frauwen ist die turest frucht
die got geschaffen hat.
wiltu folgen mynem rat
so er frauwen zu aller stunt,
hut dich, das din selbes mvnt
so schemlich icht von sage;
yr laster alle zit vertrage
horestu arges icht von yn,
das sal von dir verswiegen syn u. f. w.

Zuletzt Bl. 125b:

lach selten vnd senfteclich
vnd zürn gar bescheidenklich;
die zucht ist frauwen wol gemeyn
nyt siczen mit geschrenkten beyn.

Bis zu diesem Schluß werden in ähnlicher Weise Lehren für alle Verhältnisse, den Verkehr mit Männern und Frauen, mit Freunden, beim Trinken, Spielen, bei der Tafel, bei Höhergestellten ertheilt.

So wie der Stoff von der Hofzucht in mannichfacher Weise und schon vor dem 15. Jahrh. in Verse gebracht wurde, so auch der Spruch vom Hausrath, den wir in unserem Mengband Bl. 215b—218a in anderer Faffung antreffen, als die ist, welche wir von Hans Folz kennen.[30]) Bl. 215b beginnt:

Heffen und pfannen, Sib, kerb vnd wannen,
kanten, becken, gisfasz, kopff, krussen vnd glasz
sicht man wendig in minem husz;

---

[30]) S. von allem Hausrath bei v. Keller Faftnachtsfp. 1213, 1215—1222; Uhland Volkslieder 718, 1029.

disse ding sint all geflohen dar usz,
daffeln, disch nach spilbret,
der keins ich nie gehet,
hantzweheln nach dischlach gut
für dem bin ich wol behut;
golter, lilach vnd dischlachen,
kunte ich die selb machen
der mecht ich mir genunck.

Schluß Bl. 218 a:

Ich rat dir, gut gesel,
dem der hushalten wel
das er jm selb nit krenck
lip, sel, er vnd gut;
Es nimpt dir auch dinen mot,
wan du must sorgen tag vnd nacht
wie das du dich getragen macht.
hie hat ein end der huszradt,
got behut vns fruv vnd spat.
hie hat das buch ein end,
des frawet sich min hend.

Ebenso wie sich die zuletzt erwähnten Gegenstände in verschiedener Form unter den umfangreichen dichterischen Erzeugnissen des 15. Jahrh. verschiedentlich wiederholt finden, so begegnet uns auch das Thema des längern Gedichts „von der wernt lauf", oder wie Förstemann Gräfl. Bibl. S. 104 es nennt „von der Bulschaft" (Bl. 245 a—249 a) auch anderswo in verschiedener Wendung. In der uns vorliegenden Gestalt ist die Form sehr vernachlässigt. Anfang Bl. 245 a:

Ich kam zu eyner frawwen zart
die wol geborn wart von art
durch kurczwyl gegangen;
ich wart von ir schon entfangen.
fruntlich vnd auch sehre
sye bat mych syczen zu yr
vnd froget mich vmb der wernt lauff:
fraw, isz nymt ab vnd auch vff,
eyner der verdirbt,
etlicher gar stirbt,
eyner arm, der ander rich,
da myt die wernt hin slicht,
bisz das sye gar [v]ergat
alsz ir se[l]bs wol verstat.

Schluß Bl. 249 a:

vor lyeb frawet sych das hercze myn
vnd fol freyden als eyn fogelyn

das hoch yn lofften swebt
vnd gar yn hohem mvt strebt.
auch vor der lyeb die ich zu yr han
alsz ich zu der kirchen stan
des pater noster ich vergisz,
das aue marya ich vernisz,[31]
alle myn andach ist da hyn,
nach der truwen stet myn syn,
da wonsch ich jr gottes plegen.
AMEN.

Zu den eigentlichen erzählenden Volksliedern, welche im 15. Jahrh. entstanden, gehört das Lied von Möringer Bl. 249—255. Auch bei dieser Aufzeichnung ist die Form so vernachläffigt, daß der Reim oft ganz zu Grunde gegangen ist und die vierzig Strophen, die wir bei Uhland (Volkslieder 773—783) finden, durch zweimalige Verschmelzung zweier Strophen in eine einzige, in 38 verkürzt sind. Anfang Bl. 249 b:

Wolt ir horen, frynde, mer
die vorziden ye geschach
von dem edeln moringer,
wie er zu syner frauwen sprach u. f. f.

Die vielfach verstümmelten Reimzeilen sind auch hier, wie so oft, nicht abgetheilt, die 38 Strophen aber sehr deutlich durch größere Zwischenräume unterschieden.

Ganz ähnlich verhält es sich mit dem auf dem letzten Blatte (256) befindlichen Volksliede, dessen 5 Strophen an verschiedene mit der Farbensymbolik spielende Liebeslieder des 15. Jahrh. erinnern. Leider ist es so verstümmelt, daß es sich ohne eine andere Vergleichung nicht füglich herstellen läßt. Da es mir aber nicht gelungen ist, es anderswo zu finden, es also vielleicht noch unbekannt ist, so möge hier der Anfang und die 3. Strophe stehen. Es beginnt:

Ich het mych vnderwonden
gegen eyner die was hoch gebeyt (gemeit?)

Die erwähnten Farben sind Schwarz, Roth und Weiß. Letzteres erscheint als die Farbe der Hoffnung:

In wisser varb, so heb ich an,
jn ganczer hoffenung stant myn hercz,
o swarczer farb wilt abelan,
vertribt die clag vnd auch den smercz
wett myr ist we nach diner lyeb u. f. f.

---

[31] vernieszen = verzehren, verbrauchen, vertilgen.

In der dritten Strophe ist dann das Roth, wie auch sonst nach allgemeiner Volksanschauung,[32]) die Farbe der brennenden Liebe.

> In roter varb brint myn gemvt
> so frov ich mych vff guten wan;
> vergangen ist des beyen (meyen?) blut,
> nvn vahin (?) wyr gen dem winter (an?)
> so ist isz kalt
> yn rechter lyeb gar manigfalt
> ich wolt mych zu yr schmuchcken schou.
>
> Do mag doch nyeman erwermen mych
> wan du alleyn, myn hoster hort,
> dar vmb soltus tun furderlich
> vnd halt myr dinen (r?) truwe wort u. s. f.

Soweit der zur Dichtung gehörige Inhalt des Buchs. Aber auch der den Hauptinhalt bildende höchst bunte die Heil-, Arznei- und Sternkunde betreffende Stoff ist in mehrfachem Betracht für die Geschichte der mittelalterlichen Dichtkunst merkwürdig. Denn erstlich bilden merkwürdige Kuren und Krankheitsfälle: Pest, Aussatz u. dergl. einen Hauptgegenstand verschiedener Dichtungen (vgl. Der arme Heinrich von Hartm. v. Aue, die obige Erzählung vom aussätzigen Senator) und die ganze Fülle abergläubischer Vorstellungen von verborgener Heilkraft verschiedener Pflanzen und Thiere, von Zauberformeln und Wunderkuren ist Quelle und Unterlage vieler alten Volkssagen, besonders der Faustsage.

Mustern wir nun noch in möglichster Kürze jene bunte, rauchige Hexenküche, so finden wir zuerst in ziemlicher Ausführlichkeit die abergläubische Hydromantie oder Hydroskopie (Wasserbeschauung). — Bl. 1—15; Bl. 5 fehlt, 7 theilweise. — Das Merkwürdigste sind die 37 Handzeichnungen, bis auf die erste nur roth und schwarz, meist sehr unbeholfen, andere dagegen nicht ungeschickt ausgeführt. Einige sind als Typen merkwürdig, so die wiederholt vorkommende Figur des Arztes (Meisters oder Meinsters). [S. Bl. I.]

Wie dieser erste Abschnitt ist auch der folgende Bl. 16 bis 25 „von der kraft, von der natur des puls blut wie man in herkenden sal an einem gesunden oder krancken menschen“ (20 u. 23 fehlt, von 24 ist nur ein Rest vorhanden) in lehrhafter Form abgefaßt. Es folgt Verschiedenes über die Bereitung von Pflastern, Oelen, Wund- und Augensalben u. s. w. in einer gewissen Ordnung.

---

32) Rochholz Deutscher Glaube und Brauch II. 241—248.

Merkwürdig ist Bl. 35b—36b eine Wetterprophezei-
hung von den 7 Tagen der Weihnachtswoche, von der es
heißt: Disz proficij hat gemacht vnsser here durch der
profeten mont von den siben tagen jn wichenachtten.
Bl. 37: Die Kunst, den Todestag eines Menschen zu erkennen, wobei bemerkt ist: die nach geschriben kunst vant
man bei meinster yppokras in sinem grab vnd zuckt
man sie von im durch lib vnd auch darvmb das die kunst
nit bie jm verderb (vgl. ausführlicher Bl. 146b—149b
und eine Stelle des Anfangs Bl. 20b). Meister Jppokras
oder Ypokras (Hippokrates) ist überhaupt der Hauptgewährs-
mann im ganzen Buch, daher er auch „der hochst meister“
(98a) oder „der högste der ye geboren ward, als ym alle jehent“
(d. h. wie alle von ihm sagen) Bl. 20b u. 145a genannt
wird. Neben ihm werden aber auch Avicenna (168b) und
andere Heilkünstler erwähnt. Bl. 34a steht ein Mittel gegen den Staar (starblint), wobei es heißt: „das lert vns
meinster tias vnd — meinster lucas — wohl der Evan-
gelist — vnd meinster ippokrasz vorwar.“

Wiederholt finden sich abergläubische Zauber- und Beschwörungsformeln z. B. 42a:

contra fluxum sangwinis.

Vnsser her ihesus christus satt dissen samen,
da sprach der lib her sant peter amen,
da sprach die lib junckfraw caterin[33])
Ach liber her tw vns diner hilff schin.
et dic quinque pater noster et quinque aue maria
vnd bratt ein ay waich vnd tu nessel samen darin,
sic tu bene zisz.[34])

Aehnliche Beschwörungsformeln kommen öfter vor. So
Bl. 76a ein zauberfestes Schwert zu bereiten; — zum „ma-
delger“ oder „magdelger“ — Kraut, um Liebe zu wecken.[35])
Bl. 76b zur Bereitung eines gegen Kerker und Gefängniß
sichernden Ringes:

Item wiltu eyn guldin ring lassen machen sier alle
gefengnis, das kener mag gefangen beliben, so nym
eynen guldin vnd opfer den vff den karfridag wen
das heilig crucz lit vor dem altar in die wunden uff
der rechten syten vnd losz den guldin wider von
dem bild wes dich got hermanet vnd losz dan dir
eyn goltsmyt eyn rinck dar usz machen mit guter

---

[33]) So verlangt der Reim; es steht caterina.
[34]) so! Wohl verstümmelt aus facis.
[35]) v. magd u. ich ger begehren, verlangen = Magdlieben, Maß-
liebchen bellis.

andacht vnd lasz dir disz nachgeschriben wort in den ring graben: adoney † gemersael † agla † melacha † Jhesus † beheb den ring by dir rein vnd kusch amen.[36])

Bl. 43a enthält die Verdeutschung einer Anzahl lateinischer und griechischer Krankheitsnamen.

Obwohl in neuester Zeit vornehmlich durch Dieffenbachs vortreffliche Glossarien [37]) äußerst reiche Fundgruben zur Verdeutschung mittelalterlicher Fremdwörter allgemein zugänglich gemacht worden sind, so ist doch der Reichthum auf diesem Gebiete — Dank der vielgegliederten Mannigfaltigkeit und Eigenart der verschiedenen Zungen und Mundarten der teutonischen Sprachfamilie in ihren örtlichen und zeitlichen Sprachformen — so groß, daß auch selbst ein kleines Wortverzeichniß dieser Art irgend einen kleinen Beitrag zu dem schon zu Tage geförderten Schatze bieten wird. Daher wird sichs auch lohnen, das uns vorliegende Verzeichniß mitzutheilen. Daß wir die griechisch-lateinischen Worte auch in der oft mißverstandenen entstellten Form wiedergeben, versteht sich von selbst, da ja auch gerade hierin sich der Stand, der Umfang und die Beschaffenheit der damaligen Bildung in Kunst und Wissenschaft spiegelt.

Appoplexia der gech dot.

Mannia vnsinikait.

Cartarus ein fluß von dem haupt.

Sangwis a naribus dem die naß blut.

pollipus ein sichtag der naffen.

Scroffule trüß.

Squinacia ein geschwer.

Emoptoria blut uß dem mund.

Cardiaca ein zuckung des herten.

Singultus ein gest.

Colica das man nit deut.

Diaria das blut vn ror.

lumbria spulwirm.

Tenasmon der da glustert zu stul get vnd doch nit mag.

Exitus einn dem der lib uß gat.

Dyabetes der den harn nit behalten mag.

Suffocacio matricis heumont.

precipitacio matricis ein sucht das die mutter von einer stat zu der andern vert.

lepra vffeßikait.

Spacule schinen.

Ortonia [38]) dolor Capitis.

paralisis ein gegicht.

Scoconia (so!) ein sucht des haupts.

---

[36]) Aehnl. Aberglauben Bl. 82 b, 195 a, 197 a, Bl. 69 a.

[37]) Glossar. lat.-germ. mediae et infimae aetatis Frankf. Baer 1857 und Novum gloss. lat.-germ. m. et inf. aet. Frankfurt a/M. Sauerlaender 1867.

[38]) orthopnoea?? was freilich dem Sinne nach nicht paßt.

fetor oris **der ſtinckent mont.**
dolor dentium **zen we.**
vnula[39]) **das blat.**
Empima **das eiter von jm riſſet.**
ptissis **ein dur oder geſchwind ſucht.**
bolosinus **der giß.**
fastidium **der nit luſt zeſſen.**
apusema — ſonſt apostema — **ein geſchwer des magen.**
disentria **das blut mit der rur.**
Colica **ein ſucht des vnterſten darm.**

Emerroidi **wild blattern.**
jtrobisis **waſſerſucht.**
Toxicacio **vergifft.**
diaria simplex **fluß.**
gula **kel vel ſchlunt.**
appoplexia **der ſchlack.**
Morbus **heiſt oder ein bezwing wan die ſucht biſſet.**
Oxia **haiſt ein ſcharpf ſucht die ſchnel dött oder ſchnel verget.**
oxi in greco **heiſt ſnel oder ſcharpff.**

Dieſes kleine Verzeichniß von 42 Gloßen liefert eben ſo ſehr einen Beleg für die im Mittelalter ziemlich gewöhnliche Radbrechung und Zerwürgung des antiken Wortſchatzes, als es bei ſorgfältiger Vergleichung der Dieffenbachſchen Werte bei den meiſten Worten mehr oder weniger bedeutende Abweichungen im Ausdruck und in der Schreibung aufweiſt.

Für das Wort Krankheit ſelbſt iſt entweder sucht oder suchte, gewöhnlich aber der sichtag oder siechtag gebraucht.

Von Blatt 44a—49a iſt eine „artzdy von der erbern (edeln) rossen“ d. h. eine Pferdearzneikunſt, von der es heißt: Die kunst hat gemacht meinster albrecht, keisser friderichs smit vnd marsteller von napols (Neapel). Es folgt nun wieder eine Menge von Pflaſtern, Salben und ſonſtigen Hausmitteln gegen allerlei Krankheiten, auch epidemiſche (z. B. 77b), wobei ſich im Einzelnen noch eine genauere Reihenfolge nachweiſen ließe. Bl. 80b — 82b das Einnehmen von Arzneimitteln zur Zeit gewiſſer Conſtellationen. 83 f. gegen die Peſt. 84b: Die ertzdij ist geben dem kung von franckrich von dem besten artz zu paris contra pestilenciam. Wenn es Bl. 77b heißt. wie man sich halten sal tempore pestilencie und dann die Gebrechen genannt werden „der yczet an vil steden vmb gant“, ſo könnte das zur genauen Altersbeſtimmung der Handſchrift dienen. Im J. 1450 war eine ſehr verbreitete Peſt, beſonders auch in Frankreich, dann wiederholt in der 2. Hälfte d. 15. Jahrh. — 97 f. Vom Baden nebſt Meiſter Hippokras' Rathſchlägen vom Beſuchen und Meiden

---

[39]) kann auch vuula geleſen werden, doch hat auch Dieffenb. Nov. Gloss. 387 die Variante vinila. Die Verdeutſchungen ſind: winberlin, aichelein, das blat; wainperl, das zeplin, die layen heiſſent ez das blat.

der Badstuben unter bestimmten Himmelszeichen und „ein latwerg die wol saubert dye brust."

98a: jppokras der hochst meister las in sinem buch alle tugent vnd krafft der eichin mistel. Die Misteln (214a aspen mestell) spielen überhaupt eine große Rolle. Der Ueberlieferung gehören wieder folgende Beispiele an:

DEr kung daffit der hut des sichs sins vatters. da sach er ein wip, die schmertzen von der fallenden sucht da vns got al vor behut. da bat er den schepffer aller kreatur, das er im kunt dett was gut da vor wer. da sprach der engel: wer die eichen mistel in der rechtten hant treit in einem fingerlin, (Ring) also das die mistel die blosz hut ruret, den berurt die wil die fallend sucht nimer.

Item man schribt von dem kung adriano, das er spricht: wer da furchtet malletz[40] zu werden oder das er an im usz brech, der sol der eichen mistel essen, er wirt gesunt.

Aber nicht nur gegen allerlei Krankheiten treten aus dieser Fundgrube die verschiedensten oft sonderbaren Heilmittel zu Tage, sondern hier und da zerstreut finden sich auch verschiedene Belehrungen über Herstellung von Speisen, Getränken und anderen Gegenständen für den Gaumen oder sonst zum Nutzen der Gesunden. So finden wir Bl. 100b eine Anweisung, goldene Borten zu säubern, Seide zu machen, Blutflecke zu reinigen. Bl. 102b' „rotten kompest" zu machen. Bl. 25a: Wiltu dich hibs machen das wertt a[i]n gantz iar. (Durchgestrichen.) Bl. 51a: Das dir das har krusz vnd soll werd; 55a: Mittel, sich eine gute, klare (luter) Stimme zu verschaffen. 85b rothe, 79a grüne Dinte, 61b Seife, Blau Lasur, Gelb, grüne Farbe zu machen, Leder zu färben (43b). Auch darüber, wie man einen guten Lautertrank (226a luder drang, 102a luter tranck) zusammenbraut, finden wir wiederholte Belehrung und es ist überhaupt hervorzuheben, daß der Wein (zuweilen auch der welsch win 28a, 66a) bei sehr zahlreichen Heilmitteln reichlich zur Verwendung kommt und deren manchmal nicht sehr schmackhafte Bestandtheile unschädlicher macht und ihnen das Widerliche benimmt.

Daß den Heilkünstler bei solchem Verfahren die Liebe zum Rebensaft treibt, verhehlt er durchaus nicht, denn diese Liebe macht ihn zum Dichter und mitten in seiner bunten

---

[40] maletz, maletsch = frz. malade, aber besonders — und so hier — vom Aussatz gebraucht.

Zusammenstellung der verschiedensten Quacksalbereien bricht
er in die geflügelten Worte aus: (Bl. 104a)

Got grüsz dich, du zarter edler win,
schmuck die füsz zu dir vnd ganck nin;
wie wol du mich tag vnd nacht bringst vmb das min
so kan ich dir nit vint sin.

Solche Weingrüße waren im 15. Jahrh. nicht selten.[41])

In den weiter unten folgenden heilkundlichen Abschnit-
ten stehen die Recepte noch bunter durcheinander und es
sind eine Reihe von Meistern oder Heilkünstlern als Erfinder
genannt z. B. Diebolt von Straßburg (166, 167), Bruder
Hans (165, 166), H. von Schwarzach (175), H. von Wol-
fach (181), Meister Milcher, Meister Bartolmes, Korn Jacob
(Jocab). Diese späteren Theile — doch nicht die poetischen
Stücke — sind meist von alternder, sehr unsicherer Hand
geschrieben. Die Sprache ist zuweilen wieder sehr lehrhaft,
so wie wenn (145a) Hippokrates spricht: das das leben
kortz ist vnd die kunst sie lang vnd swer, wan das
leben nymmet von tag zu tag ab vnd die kunst von
manches meisters ler weshet (wächst) oder nymmet zu,
dor vmb lert er kurczlichen die ler jn latin die ich in
dissem buch zu dusoh vsslegen wil. Er spricht, das
also gar feist lude ersterben dan die mageren u. s. f.
(vgl. oben Bl. 20b.) Heben wir noch ein Stück vom
Unterricht in der Gestirnlehre (192b—194b) und 239 —
244b eine Art von Pflanzen- oder Blumensprache (vgl. auch
Nr. 11 der Münchener Hdschr. nach Keller Fastnachtssp.
S. 1430.) heraus, so haben wir, soweit es in Kürze mög-
lich war, auf alle wesentlichen Bestandtheile der Handschrift
hingewiesen.

Alles zusammengenommen werden wir von eigener Er-
findung der Schreiber zwar nicht viel, vielleicht gar Nichts
erkennen, aber gerade um so merkwürdiger ist das Buch als
nicht zu verwerfende Quelle für mittelalterlichen Aberglauben
und Vorstellungen, für die Vorgeschichte der Heilkunde, für
deutsches Wörterbuch und Wortschatz. Auch für die deutsche

<hr>

[41]) Goedeke Grundriß S. 89. Kurz Gesch. d. d. Literatur I.
612. v. Keller Fastnachtsspiele 1343 u. 44. Auf letzterer Seite der
Anfang unseres Weingrußes: Bierspruch S. 1439. — Auf der zwei-
ten Seite von Bl. 104, die ausnahmsweise Einiges Medicinische in
lateinischer Sprache enthält, findet sich ein Wappen, das möglicher
Weise über den einstmaligen Besitzer einigen Aufschluß geben könnte,
dessen sichere Nachweisung mir aber, trotz vieler Bemühungen, nicht gelungen ist. In der Mitte eines heraldischen Schildes eine fünfblättrige
Rose zwischen drei Sternen, welche letztere auch als Helmverzierung sich
wiederholen. Farben sind nicht angegeben.

Dichtung und ihre Geschichte haben die hier leider meist sehr flüchtig überlieferten Stücke einigen Werth. Dazu kommt endlich das besondere Interesse, das wir an dem Buche und seinem Geschicke als einem lange unbeachtet gebliebenen Stücke der Königsteinschen Erbschaft des Hauses Stolberg nehmen.

Ein paar mir nachträglich durch Herrn Prof. Zachers Güte zugesandte Werke verstatten zu einigen angeführten Stücken der Handschrift noch folgende Nachweise:

Zu der oben S. 33 erwähnten Pferdearzneikunst vgl. (Halm-Schmeller) die deutschen Hss. der Hof- u. Staatsbibl. zu München. M. 1866 No. 4855. Hs. v. 1590—1593: Arznei von Maister Albrecht, Schmid Kaiser Friderichs III.

Der Helmstetter (oben S. 25) ist nach demselben Catalog No. 270 Hans Raininger. Unter jener Numer ist nämlich aus einer Hs. vom J. 1464 ein Spruch von der Natur mit dem entsprechenden Anfang und Inhalt aufgeführt.

Zu der Laub- und Blumensprache Bl. 239 — 244 der Wernigeröder Hs. vgl. Münchener Catalog No. 439: Was das Laub der Eichen, Espen, Birken u. s. w. in der Liebe bedeutet. [42])

Das S. 26 erwähnte Liedchen vom Bauer und dem Vögelein findet sich vollständig, aber in einer etwas jüngeren und weniger guten Gestalt bei Keller: Altdeutsche Gedichte Tüb. 1846 S. 12—14 unter der Ueberschr.: Des Vögeleins drei Lehren. (cod. germ. mon. 1020. Papierhdschr. 15. Jahrh.)

Zu den eigentlich medicinischen Stücken, den Planetengedichten, dem mannichfachen Aberglauben, ließen sich leicht zahlreiche Vergleichungen anstellen. Ueber die Natur der Planeten und ihren Einfluß handeln z. B. in der Münch. Bibl. in Reimen die Hss. 328, 349, 558. Von einem Meister Jacob enthält Hs. 340 (15. Jahrh.) Bl. 129 — 150 eine Lehre vom Aderlassen. Meister Hippokras fehlt natürlich auch nicht, ebensowenig Meister Bartolmes, der sich als — Magister Bartholomæus mit seinen „Introductiones in practicam Hippocratis" in acht Handschriften der Münchener Bibliothek (a. a. O. 92. 430. 439. 464. 720. 722. 824. 5153 i) vorfindet.

---

[42]) Jedenfalls die vorhin nach Kellers Fastnachtsspielen angeführte Handschrift.

Handzeichnung aus dem Arzneibuch (Papierhandschr.
d. 15. Jahrh.) in der Gräfl. Stolb. Bibl. zu Wernigerode

Handzeichnung zu dem Gedichte von der Natur und Kraft der Planeten aus der Papierhandschr. der Gräfl. Stolb. Bibl. zu Wernigerode Z. b. 4 m Bl. 91. b.